臺灣詩選

貳零貳零

風高雨低，言簡情深

目次

【衣角與線頭】

【鹿】

【懷別】

發光的房間——達瑞

好比一個發光的房間，設想一種情境是：夜晚寧謐的安逸街巷，緩坡、車庫、老樹，你不知身在何處，久久有人閒散經過，僅感覺時間正帶著自己前行，搖搖晃晃直到抬頭望見一處發光的房間，像是懷抱整個夜晚的輝煌，亮著，安和透明。你不知道裡面發生著什麼事、不知道角色情境、不知道室內陳設風格、甚至根本對路段門牌毫無知悉……但突然之間似乎有許多畫面爭相擠進了腦海：所有你記憶過、發生過的情境。

貳零貳零年我是這麼在尋找著的，每一處發光的房間。

這是絕對困難的一年，疫情沖散了所有事情的規劃與進度，時間似乎都困在病例數字裡，即便之於世界，我們的生活環境相對安好，凡事在口罩之下，亦變得危危顫顫，小心翼翼。可以嗎？這樣好嗎？會不會如何？……人與人之間的問號變多了，人與事之間則充滿破折號。但也因此，我們有更長足的時間面對自己、面對恐懼和美麗，各種隱藏在因架起防禦外網後而更能、更需目睹與撫觸的枝微末節之美，譬如詩意。

何謂一首好詩。每當想及此事，腦邊反覆播放的永遠是侯孝賢的《戀戀風塵》，再陳腔濫調不過的愛情故事典型，透過氛圍經營、運鏡思維以及對人情世故的體貼與理解，便能架構成詩。從首個鏡頭裡山線火車途經若干隧道與光景緩逝，車廂內的年輕戀人阿遠、阿雲隨窗外光源時而閃現時而隱遁；乃至末尾剛退伍的阿遠與阿公在田邊抽菸談日常，臺詞不多，但生命飄搖、擺盪的本質已在短短幾句看似無關的話裡表露無遺，然後是一顆雲裡透出的天光橫掃過山城遠景的鏡頭，惆悵、傷懷、諒解、復原——象徵故事一切起伏。這就是最美的詩。

當焦桐老師提出編選邀約後，我最常在想的是，如何面對詩壇的文化脈絡？但對於歷史、典範、經驗諸如此類的思索，往往力有未逮（甚至感到疲倦與枉然），發現無法勉強自己去捕捉那些挾藏在舊時間縫隙裡的情懷、感念，我想要的是當下可適切安放於符合自身信仰裡的美感與靈光；更大程度是指，編選者應為方向感本身，一本書能去到哪裡、成就哪些、面對什麼？我必須直接面對，省去拐彎抹角與閃避、妥協，本年度詩選裡的一切，由我表態與擔責。

我不以「大家都知道如何去喜愛的作品」為選擇判準，我在意自己所看到的美，無論是意念、指涉、感知。我想找的就是那些發光的房間。

這是一段從未有過的痛苦而又美好的閱讀時光。一整年度的每日晨醒，機械自動化地急於翻查各大副刊電子報，好與惡、存檔與忽略，對我而言、迅速的判斷才是最直覺的，我認為能誘發自身創作欲是好作品起碼之必須，於是我如此面向每一位認識與不認識的創作者。這亦是一趟學習之旅，彷彿回到剛師習文學的階段，沉溺在大大小小作品中，歡快而孤獨，雖更多時候，讓螢幕畫面取代了書頁的溫潤，那些網路副刊作品、那些各文學獎作品……但閱讀本身並不會讓人感到森冷，壞作品才是。

時間暈暈晃晃度過了一年。我也定期坐在讀字書店的吧檯座位一整天，看著店內擁有的雜誌期刊或直接出版的詩集，同時與店長聊著過往曾有的創作經歷，然後對宛若斷崖式持續下滑的出版業界情緒感到惶惶不安，相對於疫情、那是更沒有起色且似乎難以挽回的命運。終於最後也親睹了書店的歇業——不再發光的房間，彷彿一枚隱喻，生命必須持續尋找下一個他方，但創作仍為永恆。當我完成所有暫存的篇目，即能看見這年的真相——情感、存在、命運與道別。

於是我破壞了平衡與律則，無視發表時間，讓詩作以更有機的序列作為呈現，讓詩選更接近一集體創作之作品，讓「詩作」不只是「被選入」而是找到共處的切點與平衡。多數我不曾相識的詩人，憑恃天分、靈感、經驗、風格、企圖，接續著點燃靈光，風高雨低、言簡情深，這是困難之年的銘記，亦是此年最華美之物，一如我們熟悉的音樂人伍佰曾在歌詞裡寫到：「清晰的面孔正在綿密的掉落／穿越時空之中滿天繁星晶瑩的眼淚／一束一束無盡閃亮的哀愁」（引自〈無盡閃亮的哀愁〉）。

詩沒有絕對的樣貌，一日一生，每當涉渡而過，不難覺察處處皆存詩意，譬如一次深夜隧道內突發奇想踩下煞車發現周旁無車彷彿時間暫止之感、甚或一支廉價蘇打冰棒在街燈下被映射而出的湛藍海洋光色……或許我們每個人其實都徘徊在那個夜晚街巷內，彼此經過對方，從未認識卻同樣在尋找那個發光的房間。不僅在貳零貳零年。

感謝二魚文化與焦桐老師的體貼，感謝葉珊。

刺 CHAPTER ONE

那已然為最終的棲止，
事有石出水落，
你眼中的森林，
懸掛彼此零星的睡意

刺與陽臺

楊佳嫻

壹玖柒捌年生，臺灣大學中國文學博士。出版詩集《金烏》，散文集《小火山群》《貓修羅》等。

說起那處陽臺
菸蒂空瓶與鏽斑
之外，妳決心
擺放幾株仙人掌
妳好鍾意它們
粗糙且刺
不敏感

不敏感的事物
是不是無所
愛呢，像一樁疼痛的理想
像靜物，靜靜蓄著電
誰一觸就被震開
就該領悟

僵著雙手我竟然
還走近了一步

妳又說，也看見玫瑰
不好照顧呢
都回家了
下次也許會買
我們不需要花，對吧
盛放不過一場煙霧
遮掩著腐朽，而腐朽
總是會長蟲的

有一天玫瑰和仙人掌
會一起晒著它們

可貴的刺嗎
陽臺裡誰在招手
老遠看著，是襯衫吧
掛了好幾天了
啞著，晃著，
妳的替身
我的舊殼

聯合報副刊
捌月貳拾柒日

近況

現任清華大學中文系副教授，臺北詩歌節協同策展人，性別運動組織「伴侶盟」常務理事。

致獻——給E——

崔舜華

壹玖捌伍年生，政大中文所。出版詩集《波麗露》、《你是我背上最明亮的廢墟》、《婀薄神》，散文集《神在》、《貓在之地》。

終有一日你會發覺，
所有的鳥鳴和鐘啼都是對的。
那一天，藍鵲依傍著薄荷而棲憩，
微小沉重的水滴落在八月的裙襬。
如一則再隱諱不為過的啟示——
我想著你，
你的黑髮，
風裡飄起的衫袖，
一切笑語和煙霧的總和——
究竟有什麼危害了我們？
這麼努力地
想從燉熟的茶葉間窺得宇宙的端倪，
在火車上讓路給需要氧和軟墊的女性，
孜孜勤懇地記寫每日用度：

8月1日，玫瑰鵑，150元。
牛奶綠和寶馬藍，共220元。
——整數。餘數。公約，諸者之間，
我是你一手創行的不等式，
如同柴火並不等同於燎原，而你
或許也不等於我。
（我在第10車廂，時速132公里。
如果被允許吸一根菸，
我能夠更具體地表現。）
當你和我戮力揮著熱汗，驅趕並
擺除貪婪的幽靈，貧窮的蒼蠅。
以平均律擦身，以小麥草串聯初露，
裝飾我們專一的貓貓。
雖你偏心狗，

至少我愛你。
（這多麼公平，明亮而潔淨，
像仲夏的子夜，初經竊竊地攀擁
少女米麻色的床沿。）
你可以尋找一切可能性的線索，
輕聲呼喚：象徵。象徵。象徵？
我即將抵達理應落入的陷阱，
在八月早晨，10點06分，
謹慎地記憶流經身畔的數字的面孔，
——組合。拆解。卸換。混搭，
成為下一個目的地毅然輪值的季節，
為了將更好的
接著獻給你。

聯合報副刊
拾貳月貳拾壹日

近況

我還好，沒什麼事沒
什麼錢，有貓就好。

無所謂的午後

吳浩瑋

貳零零壹年生，世新大學。

無所謂的午後
我們在房間裡野餐
我負責分心
你負責把貓盛進碗裡

梅森罐、格紋餐巾、餅乾碎屑
圈養一塊草皮，攤開
幾經折疊的陽臺與森林
我們穿髒彼此像穿髒一雙球鞋
打開彼此彷彿愛是一只抽屜

或用體溫烤脆一張沙發
關於我們如何端坐、進食、
用一枚不太營養的吻

餵養碗裡的貓（咦？你還沒開動嗎？）

無所謂的午後
把房間彈奏成一架鋼琴
仔細拿捏甜美的對白
一粒粒收進果籃，如此一來
明天再怎麼偏僻
又會是值得行旅的遠方

遠方，雨會停
努力瞇起棉被般的嘴角
擰乾所有溼氣，用僅餘的日光
固定灰塵和身體

無所謂的午後
我們保溫、適時調亮呼吸
我負責把刀叉擺齊
你負責把我盛進碗裡

鏡好聽
拾貳月柒日

近況——

個性可愛，長相善良，要不要來我家看水獺後空翻？

霧起的時候

游善鈞

壹玖捌柒年生。國北教大語創所。出版詩集《水裡的靈魂就要出來》、長篇小說《瞬間正義》和《完美人類》。

當我開始好奇
這扇窗子被木框分成
更小巧的窗子時
已經凝視其中一片
最慢起霧的窗
潔白的路面
遠遠看見我牽著你的手
那方式真溫柔
彷彿握住你的耳朵
霧突然更濃
眼前垂下窗帘
你的耳朵縮小了一些
我們愈走愈遠
似乎偷了什麼東西

影子太細太長
在路面刺入兩根灰黑色的
太銳利的針
盡頭只剩下一株高大的針葉木
戳破冰冷的霧
路跟著迷路
我推開窗
初現的日光
是一大片閃亮亮的針葉林
溫暖扎刺滿身
而自己始終在路上
想像霧起又霧散

《水裡的靈魂就要出來》
（時報文化出版）
參月參拾壹日

近況——

寫詩，寫劇本。寫小說。

Around the Corner

陳顥仁

壹玖玖陸年生，東海大學建築系。

像這個
即將的夏天一樣
我的生活充滿盡頭

我有行走
就有到不了的、那麼靠近
你的憂鬱
在兩個降半音
活著和
一起活著之間震動
誰在我們身上
經過，多麼對不起
譬如弦樂器

譬如，鐵軌
都是藉著摩擦到達遠方
是吧
我看著你
摩擦自己
那麼快、要進站
的樣子
但車站每天都後退五十公尺
什麼時候輪到我
不接近月臺
那麼微量的誤點
那麼客氣
那麼久的眼睛

我不看你的時候你是整本詩集

自由時報副刊
貳月貳日

近況

現為東華華文研究所碩士準備畢業生，用詩和建築搏鬥的創作計畫甫獲得文化部贊助，偶爾在朋友的策展中負責軟爛的部分，同時也試圖跟劇場發生一點什麼。感覺剛剛抵達花蓮，現在又即將離開花蓮。任何事都有可能發生，而且每一件事都正在發生。要說一件最近發生的事，就是愛人在機車前座問我，之後打算租一間房子、還是乾脆貸款買下來。我說這是個寓言。

星期一適合告別

林澄

本名林靖涵，壹玖玖陸年生，銘傳大學應用中文系肄業。出版詩集《臟器外陋》。

洶湧。她是這麼說的
星期一適合告別
永恆的平庸
離開一座城以及目光有神的人
世界是一片荒原的產物
我們的城市好像一心向死
天空掉下週末的禮物
綑死了街上的人
他們滑著手機裡的星星思考
是不是都能和別人分享
你正在讀的這首詩

星期一不適合戒斷苦痛
星期一適合告別

你手裡有些春日的罌粟
你說為了種花，你得繼續做夢
在別人的草原親吻烙印並且離去
花朵渴求的長生
是我靈魂每日悲泣的哀鳴
我的哀悼抵達不了絕望的回音
你不要笑我，不要按讚我的訊息
我吞下許多善意的膠囊
卻沒有張望你的離去

天空掉下週末的禮物
星期一，我沒有注意到街上有人
此刻我正在向你告別
你總是那麼容易的被遺忘

像你現在讀的這首詩

——已收錄於《臟器外陋》（斑馬線文庫出版，貳零貳零年・拾壹月）

鏡好聽

拾月伍日

近況

壹玖玖陸年出生在海邊，但人生持續溺水。世界以痛吻我，而我回之以詩。榮獲銘傳文藝獎新詩首獎、太平洋文藝營新詩首獎。個人 IG:c.l_darkpoem

她的擁抱裡全是尖刺——鄭琬融

壹玖玖陸年生，東華華文系畢。曾獨立出版詩冊《一些流浪的魚》。

不開伙的日子
她如一座沙丘

她抱起狗來時自己散得一地
她抱起嬰來時自己散得一地
她抱起樹來時自己散得一地

鳥在地上啄起她的意識
不知道要多久鳥才再不會是鳥

一個聲音斷了
一邊乳房破了
有人扭了門鈴而屋裡一直沒響
灰色的草叢擅自移動位置

下午沉默如咒
部分的她已經被吹往遠方
部分的她依然留在遠方

聯合文學雜誌

伍月號

近況

曾獲林榮三文學獎、國藝會創作補助、楊牧詩獎等。即將出版詩集《我與我的幽靈共處一室》。

聽日

方子齊

壹玖玖柒年生，成功大學臺灣文學系。

想念的終點是擁抱還是
不再想念
一天只聽一首歌
把時間過舊

並且浪擲
那聽起來像行人蜂鳴
把勞動當成音樂
是比誰都認真
階梯上的陰影，仰望並
推算著那恆星
安靜燃燒了
但未曾抵達
只剩樹和汙染那麼真實

金屬號誌貼滿密語
喧嘩著——
我該怎麼默不作聲
就感覺想念？
想你時候你是語言
風是擁抱，電訊是吻

聽日，不說一句話
只顧旋轉
不思不想
像這世上第一個跳躍的人
以為這就是飛行，還在舞蹈

聽日無視規章

從泳池角落
游向對角的陰影
畢竟水還透明
海已結冰
燃燒時，連菸也有名字
永晝也有星星

聯合文學雜誌
拾月號

近況

貳零貳壹年底將出版個人詩文集。近年散文及新詩作品，獲刊於自由時報副刊、聯合文學雜誌等。現職國際新聞編譯，亦為雜誌特約撰稿人，報導作品散見文訊雜誌、OKAPI 閱讀生活誌等。曾服役於國立臺灣文學館，參與「追憶我城——香港文學年華」等策展歷程。

數位

喵球

本名黃浩嘉，壹玖捌貳年生，文化大學中文系文藝創作組。出版詩集《要不我不要》，代言《跛豪》、《手稿》。

出門之前
給那些不動的人
澆點水
讓他們在早晨
擁有網路
還擁有一些水氣

每一場夢
其實都對應著
無從驗證的現實
每一道掌紋
都關於訣別與重逢
每一個時辰
可以是歸納過的一生

翻五張牌
想著你
也想到你想念的人
這是統計學的一部分
未來一週的天氣
讓專家來告訴你

你的喜好留下
有價值的痕跡
你買的佳節好禮
將在二十四小時內到貨
在巨大數據庫之中
你就在想念的人旁邊
你相信愛情會死

雲端盡是愛情的塔位

自由時報副刊

壹月拾貳日

近況

在廚房專職梅納反應的發生與應用多年之後，忽然發現食農意識已逐漸抬頭，遂領了青農證在尷尬的觀音沿海租了一甲地，上午下田下午上火，打算成為唯一的食農斜槓再斜槓詩人。雖然什麼農具資材都沒有，但買了很像農夫的雨鞋跟罩著漂亮花布的斗笠，且將農場命名為皮卡丘茂園。做為接受舊教育的末代學生，直到國中都不曾懷疑蔣公看小魚兒逆流向上，考過末代聯考，得過末屆臺北縣文學獎末座。過去兩年沒得過統一發票的任何獎項。

願意的五月

陳柏煜

壹玖玖參年生，政治大學英國語文學系。出版詩集《mini me》。

淺綠，窗玻璃因為樹淺綠
細小，鳥因為窗玻璃細小
願意的五月，趴在很好的寫字桌
信紙上蓋上光與窗花的浮水印

打開窗，演奏鋼琴打開琴蓋
室內外通風時鳥也可以演唱《詩人之戀》

你的手捏著筆，捏著詩
詩捏著戀愛。願意的五月把信捏成樂團

寫字桌上淺綠的立扇
（曖昧，句子因為窗花曖昧）
紙隨著它浮起來、落下來

你細小地流著汗。戀愛是枚很好的浮水印
在淺綠細小的曖昧中
有一隻小鳥告知了不回答的六月

聯合報副刊
伍月捌日

近況

「空耳創作計畫」執行中，剛開始學習卑南語。

一刻詩——騷夏

壹玖柒捌年生，東華大學創作與英語研究所藝術碩士。出版詩集《騷夏》、《瀕危動物》、《橘書》（獲第肆拾玖屆吳濁流詩首獎），散文集《上不了的諾亞方舟》（獲貳零貳零年臺北國際書展大獎）。

００：０１

我很想妳，用身體的河
河流復元了，像是時鐘開始走了
妳的手充滿時間
我想念妳的手於是充滿時間

００：０３

站在原地著火

００：２３

妳是有笑容的光
肌膚是瑪瑙般沁涼
我滑行妳的骨與肉
在妳體內踢踏、游泳

揮霍著妳的水
浸泡自己的快樂和憂傷

直到皮膚皺褶
也無老的聯想

00：33
像是一套全新的曆法
像從母體再出生一次
像嬰兒吸吮
發出親吻的聲響

00：34
我們愛什麼

我們就成為什麼

0 0 : 3 7
這裡
停久一點
妳說
這裡　有蝴蝶

想要

0 0 : 4 4
可以見面
都是甜感綿長

0 2 : 1 9
就算是爆炸了
也會用碎片去愛

0 3 : 4 0
逕自發行的加密貨幣
無法流通
兌現大量感傷

0 6 : 1 1
就算都是我的幻想
我也想要把它活得像真的一樣

０９：３０
向生活低頭
現實感總是睡過頭

１７：２９
星期四的疲憊
思念加碼我的殘破

１９：４０
遞過來的我　忘記回家
懷裡的擁抱　忘記回家
需要冷靜　且纏綿
去確認
醒著在什麼地方

23：33
等待　令我成為潔癖者
斤斤計較地上的灰塵和毛髮
企圖科學辦案
這是妳的　可是妳不在
這是我的　可是我沒有回來

00：00
蝴蝶像紙
飛入火裡

自由時報副刊

陸月捌日

近況

現居臺北木柵，養貓兩隻一黑一橘、蘭科植物百多株。

致雪——廖偉棠

壹玖柒伍年生，專科。出版詩集《一切閃耀都不會熄滅》、《半簿鬼語》、《八尺雪意》等。

好久不見了
看什麼都像你
尤其那些在路邊燒不盡的火
那個徘徊、積壓
又飛旋起來半米的我

給我寄一面鏡子吧
給我寄一個鋒利的湖
最好還有一隻狐狸
穿過它的死到達
白樺林

都沒有也沒關係，我們兩手空空
就像初見那年

一開口，白氣就縈繞我們的嘴唇
一親就痛
一無所有，就大喜悅

聯合報副刊
拾貳月貳拾參日

近況

全職寫作，偶爾教學，寄居臺灣，念念香港。

衣角與線頭

CHAPTER TWO

想起幾則荒腔走板
的魔術：沒有花卻因而有霧
沒有想像卻安和透明

春遊樟山寺

顏嘉琪

壹玖捌貳年生，國北教大語文創作所碩士。出版詩集《B群》、《荒原之午》。

從神安座之處
看出去
高樓、相思林和電塔
種在同一個高度

受傷的古道
腳步裹著腳步
你與我，好像
也沒有
別的路可走

最繁複的蟲鳴
重蹈語言
不可及之處

清晨，剛破土的筍
短肥彎曲——
生之號角
味甘、性寒
主消渴

雲霧消磨
你的汗衫，潤溼
一塊鐵
在觀音的底部
永恆鑄錯

日子是香火

閉上眼睛
高樓、相思林和電塔
阻斷
痙攣的訊號

萬物一同低頭
我只及你腰
的高度

自由時報副刊
參月參拾壹日

近況

除了貓，其他我都感覺抱歉。

存在是奢侈的——老瞎貓

生來，死去，以及中間所有時光。

譬如說，有一隻貓愛我。
譬如說，黃昏，夜晚，清晨，下午，現在。
譬如說，呼吸。
譬如說，對不起，我還活著。
譬如說，我烤焦了麵包。
譬如說，我還可以選擇放棄選擇。
譬如說，我還能夠看見。
譬如說，但我不必了解生命中的一切。
譬如說，莫奈，時間，音樂。
譬如說，這個世界還有十月，樹木還會投下影子。
譬如說，我還會心跳，為一首詩。
譬如說，所有事物都是僅此一次。
譬如說，有一天我會不存在。

自由時報副刊
貳月拾壹日

近況

日常不過是種幻象，一隻蜘蛛的日常是一隻蒼蠅的災難。時逢疫災，查理斯·亞當斯的這句話，尤其令人悚然深思。當我們沉睡的時候，在地球的其他角落，又有誰再不會醒來？我們短暫的安寧是他們永遠的安息。那麼，這分運氣，讓我不要視為理所當然。我不會忘記貳零貳零年，但我也不會懷念。

躲雨

柴柏松

壹玖玖參年生，東華大學華文創作研究所。出版詩集《許多無名無姓的角落》。

五月。一支透明的隊伍
在窗玻璃停步——
掌管夏季的神終於來訪，她翻動
身體在數小時裡
變得透明。祂伸出修長的
手指，撫向她側腿
如在霧霾中摸索：窗戶關著，玻璃被穿透。
大雨筆直地襲來
又停息，許久許久，
房間裡有粉蝶晃動其中。

《許多無名無姓的角落》
（黑眼睛文化出版）
拾貳月拾陸日

近況

近來過得很好也很忙碌，快樂的是，讀到了很喜歡的小說《泥河・螢川》，想和你分享當時匆匆寫下的箚記：想起小學暑假，在奶奶家看完好幾套漫畫，那是炎熱漫長彷彿沒有盡頭的夏天。已經好久沒有放暑假了。暑假是盯著吊扇無所事事，聽冰箱發出嗡嗡聲，在走去租書店的路上，聞到路邊剛割過的草皮發生陣陣腥味。小時候還不懂世上有很多情緒是有相應的文字可述說的，在那還不明白世間的規則以前，有些感情似乎就這樣被埋沒。仔細想想，很久沒有在讀完一本書後有想要說話的衝動了，「就是這本，真的很好看喔」，這本書就讓人想這麼做呢。簡單而清澈的青春，同時伴隨著強大的寂寞。有些在很小的時候說不出口的情感，似乎被說故事的人一眼看穿了。

邊沿——謝旭昇

壹玖捌柒年生，京都大學都市社會工學博士。出版詩集《長河》。

礫石有它自己的生命
在鳥飛行的眨眼的瞬間
完成。從緊密中鬆脫，從手中
伸出另一隻手
指向遍山的橋
堅定地在河流上迷失
視線生鏽而綻放
暈黃的煙囪頂端閃爍著
就在原點
遠去的光，遠去的時間
我想在田野上再醒一次
在失去名字的人中間
在黃昏垂墮在他們的脊骨上
以指尖滑過

鳥的眼睛倒轉
我死了
說一個鬼的故事，十遍
郊區中的空軍基地
無線電波在空中遊蕩
陌生的臉孔
收聽這些粗糙的聲音
在暴風雨中
才安靜下來
巴士裡搖搖晃晃的氣味
沙拉和潛艇堡的招牌
我不在那裡
刀子在無人大街上擺動
細長的時間如煙：

遺孀，汽車皮椅，
子彈是黑色的。
新的城市，新的巴士
陽光穿過玻璃風在外頭打轉
鬼那麼舊
幾近透明
什麼從此懸宕著
在那一天
記住了完整
掏空的巢穴
但從未看見和聽聞
只那麼深邃地
散發著熾熱
間斷傳來雜音

收音機和雨
彼此接通
在一座夢的燈泡裡
密布銀色
黏稠的絲線
波動著
無法攔阻那艘生鏽的船首
駛往
藍眼睛的外緣
已經沒有了
留下停機坪上孤獨的燈光
在弧面上矗立
在遠方閃爍
斷續的記憶

穿過一層紗門
穿過無數的出孔
凝望街道流淚
一些光來了又走
你坐在門邊
手背垂墜
讓浪沖刷
一直坐成北非的黃昏
迅速消失
好像不曾有過
黑夜包覆所有
還復真正的樣貌
完整而空罄
在那一天

什麼從此懸宕著

鏡好聽

陸月拾伍日

近況——

起床，工作，在夜晚和海鳴下行走，順路吃飯，不順手拍照，讀書，劃線，寫字，睡覺。

夜盲症

林餘佐

壹玖捌參年生，清華大學中文所博士。出版詩集《時序在遠方》、《棄之核》。

草叢在夜裡甦醒
將花朵的次序
任意調換
一場華麗的陷阱
讓春天與天使為難

當視線被干擾時
用手觸摸黑夜的肌理
試圖按圖索驥
找到世上被隱藏的景物
你點燃一支菸
菸灰如魂
飄盪在最深的夢境
你站在甬道口

張望，等待某人的口信

他說：
「眼睛只能看見一部分的事物
另一部分藏在蛾的夢裡」

聯合報副刊
肆月貳拾肆日

近況——

以教師的身分重新回到山上，開設現代詩課程，像是看見昔日的自己——恍惚的文字與說詞。持續閱讀、寫字。感受到時光在意識裡扎根，但願手指所碰之處皆能開出花朵。

終於——隱匿

本名許桂芳，壹玖陸玖年生，高職。出版詩集《永無止境的現在》，散文集《貓隱書店》。

終於
來到這裡
我渴望許久的
獨居的所在
一座帶有庭院和
星芒狀窗花的
墳墓

冷清、寂靜
每天只有極短暫的時間
陽光斜斜探入
點亮了一小塊磨石子地板
各色卵石在光影中復活
彷彿有魚鱗閃耀

水聲喧譁

我偽裝自己
仍然活著
和鄰居打招呼
準時倒垃圾
為植物澆水
直到它們死去

我偽裝自己
尚未死去
在貓咪的嘔吐物和肛門腺之間
在蚊子飽脹泛紅的身軀之內
我得不時地發出聲響

寫下定時定量的懺悔

我拔除雜草
移開亂石
抹拭塵埃
為這些徒勞之舉
找到陡峭的階梯和
美麗的雕花扶手
還有那片
向下墜落的

星空
每天、每天
為我帶回睡眠

且覆蓋我以柔軟的
雜草、亂石
塵埃、燐火

自由時報副刊
肆月貳拾日

近況——

帶著五隻貓搬到臺南已一年多，現在剩四隻。

剩下——蕭詒徽

壹玖玖壹年生，政治大學中國文學系。出版詩集《鼻音少女賈桂琳》，散文集《一千七百種靠近——免付費文學罐頭輯I》、《蘇菲旋轉》（合著）。

吞藥，喝水，像在澆花
晴天在我的身體裡

一個人被九月
分成三十天。再被一天
分成落葉和海面。我永遠只有一半是我

另一半是跌倒，雨勢
忘記的人，蝴蝶
早上，還有一些髒東西
然後黃昏。和不愛我的人一起共用的黃昏
黃昏在我的身體裡

吞完了藥，喝水。等著下一次像一朵花

等待全新的太陽。其實沒有什麼是全新的
只是同時善於消失與回來。我每天都有一半在死
只是我善於當另一半

一朵花
不好看的那一半。不好看
可是活了下來

《返校影集EP2 我是誰?》

拾貳月

近況——

身高169.2公分。體重54公斤。腰圍27公分。體脂肪17%。裸視視力 左1.0/右1.0。血壓108/76mmhg。脈搏83次/分。一般聽力 左正常/右正常。

我已經沒有憤怒——磊少一石鳥

本名李甯斺。壹玖捌貳年生，長不大學聯傷系研究所第八年？出版詩集《難道什麼都要告訴你喔？》（預計難產但ＯＫ）。

到底是什麼，讓我
失去了憤怒？

跟友人有一搭
沒一搭，聊生活中重要的事物——
樹、晨光
湖泊、貓咪

我沒有憤怒。已經可以毫無悔恨的
靜靜喝完一杯咖啡
對一直讀不完的詩集
感到釋然

我無法關心時事

對遠征的軍隊我沒有祝福
對死去的恐怖分子我沒有咒

我漸漸學會讚頌陰影
它們使那些光看來明亮
也漸漸學會肯定那些
有裂縫的牆
色調不均勻的晚霞

我見過殘損的別墅
荒廢的遊樂場
倒塌的涼亭

知道事物有盡頭，我接受

我沒有憤怒。
只是為何看著麻雀在窗臺啾啾
的那些日子，突然會感傷？
拼圖都拼好了，為何還是遺憾？
我並沒有迷失，為何仍感到絕望？

我不知道。我已經沒有憤怒。

「臺北文學獎
現代詩優等獎」
肆月

近況

「我這一輩子過得很好，看了許多美麗的東西。在一個與大海垂直的懸崖上我看到了成千上百隻飛來飛去的燕子，它們的窩就建在懸崖上。它們的倒影和我的都投在水面上，讓我覺得我自己也飛起來一樣。那一刻，我覺得就是那時就告別人世也沒有遺憾了……」——Charlene Swankie

女森

胡可兒

貳零零壹年生，臺灣大學人類學系。

我害怕你看見我
從我雜亂無章的腋下生長
便以為世上所有花園都是這樣
即便你不曾為我澆水、施肥
也能恣意評價
一朵玫瑰應拔去尖牙才符合美
倒映在馬路上

我想在無數雙眼睛裡找到我
行走的客體母體主體物體裡框定
自己的骨骼
牛仔褲或者連衣裙都無關於起風了
盛開該是什麼樣貌
你看見我但你並沒有

看見我

要做就做詩集裡
描寫春天最放蕩的詞彙
無法單獨成行，只好重複大聲朗誦
消費一整片粉色的荒野
夏奔赴一場遠方的成年雨季
我在這裡被打溼
都是再自然不過的事情

重新塑造一具牛奶味的軀體
用夜色深處的霧編髮
集結清晨的露珠雕刻乳房
黃昏從最泥濘的路走來，於是

生命有了自己的想法
不需要平滑的肌膚與
不諳世事的眼

你不能自顧自走進森林
侵犯一棵樹自得其樂的隱密
果實是因為風而顫抖、成熟而墜落
愛不具採摘的正義
我也不行

「台積電青年學生文學獎
新詩組二獎」
捌月

近況

讀大學之前以為自己會突然之間擁有很多的時間，可以讀想讀的書、有大把的空閒和自己相處，後來發現那就像是鯨一樣偶然到海面上來補充氧氣，大部分時候我仍然無法離開這片海洋，只好更加把握探出水面的瞬間，能不能看到更多的世界（或者明白離不開水也不是什麼需要修正的問題）。

工作記事27（節選）——陳昌遠

壹玖捌參年生，高雄市立中正高工建築科畢業。出版詩集《工作記事》。

是一隻蝶蛾
想進入這層玻璃
我因此看見撞擊的燐粉

因此暗色的圖
有了微弱的光源

長途路上處處是衰勞風景
每一間房屋
都被我看見裂縫
鏽與瓷，以及純色的崩落

或者有誰
在坡上靜靜落腳

任草尖穿越他胸膛的時間。

《工作記事》
（逗點文創結社出版）
陸月壹日

近況

前二年因為憂鬱，常跑去逛六張犁的福地，在墓碑的群中遠望高架的交流道，喜歡遠遠觀看的感覺，近期的興趣是看鐵皮工廠與巷子，微觀鏽蝕與破舊。做過十年的印刷廠技術員，四年前辭了工作，從高雄北上到臺北當文字記者，過去因為精神上無依託，習慣利用工作空檔想詩的句子，現在則是因為精神壓力與疲勞過大，想詩句子反而成了逃避現實的方式。去年出了詩集，也得了獎，算是完成心中的文學夢，但困惑不減反增，感覺一切都只是起點，眼前是無盡的岔路。好擔心以後要怎麼辦？沒有答案的問題真令人焦慮吶，只好抽菸，所以菸癮更大了。

畫室三首

蘇紹連

壹玖肆玖年生，臺中師院。出版詩集《無意象之城》、《非現實之城》、《你在雨中的書房我在街頭》等。

一、臨畫記

黃昏末端
我臨池草溼地
遂與一隻鳥禽
移動不明的關係
深淺之間
進入身體
成為墨跡

（返回的水脈
帶著一群
文字的魚）

將我逐退於荒蕪
遂與一隻鳥禽
漸行漸遠
站在分水嶺
啄食自己的
落日
及
不明的
消逝

二、孤臣人像畫

一張隱形的

人像畫
誰為他
轉換顏色
（紫黑的繡花
在皮肉裡滾動
到指甲的邊緣）

他的眼眸
防止大片墨水滲出
額頭風雪的意象
覆沒臉頰岩壁
讓孤獨
築巢和撒種

他化身
那隻禽鳥
是行動者
（啄我衣啄我身
啄我全部的細胞）

他以黑色
在畫面上踱著
踱著一種
孤臣的生活
任由時間
轉換顏色

三、有翅膀的畫家

畫展是在戶外
每一棵樹懸掛一幅畫
我帶著我的影子
走進去
看見四方形
一個框一個框裡
也都有一人
背後跟著他的影子
在畫面上
走著他的路
（四季變化著
每人心中都有

一本日曆）

每一棵樹站立街頭
懸掛售殼廣告
我帶著我的影子走過去
樹林遼闊
在蟲類的社會裡
我蛻化自己
（要一個繭
要一個蛹）
他也帶著他的影子
把畫作收起來
他飛不起來
（沒關係的日午）

但他是有翅膀的畫家

聯合報副刊

捌月拾捌日

近況——

長居臺中，平日在城市街頭或郊野行走、攝影、思考，孤獨創作，寂寞生活。

二〇二〇二題

陳黎

本名陳膺文，壹玖伍肆年生，臺灣師範大學英語系。出版詩集《陳黎跨世紀詩選：1974-2014》等。

〈南朝〉

我的江山只剩下
百貨公司南面側門前
四分之一個足球場大的
矩形廣場了
晚餐後，兒童
直排輪課開始前
獨自巡繞其四界
總是在走近
臨卸貨區角落處
一陣桂花香入鼻而來
一圈又一圈徒步
一次又一次暗襲

我忽然有一種春日
下江南或行幸
離宮御花園的感官
帝國感，感覺
一個南朝，以嗅覺
為柱，隱然再起……

〈晚期風格〉

螞蟻，從餐桌，從牆壁縫隙
爬上我的手臂，藉離席的
祖父母們笨拙留下的肉屑
麵包屑，點點星星定位

搬運困鎖於我胸間一隻
大象白稿紙上的象形文字
與巨大、笨重的精緻
彷彿為漸入晚輩的我等
晚輩搶先示範發掘
去形存神的晚期風格

我輕了些，也空了些
感覺充滿食欲，但不覺餓

聯合報副刊
拾貳月拾日

近況

現居花蓮。

也是一樣

孫得欽

壹玖捌參年生，東華大學創作與英語文學研究所畢業。出版詩集《有些影子怕黑》、《白童夜歌》，譯作《當你來到幸福之海：卡比兒詩選》。

誰會為了愛一座海洋
而羞愧呢

就像如果你愛抽菸
要當作一隻貓那樣去愛
誠心誠意地愛

你不用變成專家
甚至不必太有品味

原本就沒用的事情
不必附加上其他價值
才能去愛

像你泡進一缸舒服的熱水
像你愛一塊 A5 和牛
像你聽湯姆・希德斯頓
朗讀圓周率
那樣去愛

至於不愛抽菸的人怎麼辦呢
當然是
要大大方方地不愛

跟攻擊無關
跟反對無關

如果你不愛得足夠大方

那幾乎就
跟愛一樣了

世上從來只有你一人
跟誰都無關

甚至你愛，
卻不抽一根菸
也是可以的

甚至你也可以
從一個真正的愛抽菸的人
在一瞬間
斷然地成為真正的不愛抽菸的人

沒菸癮太可惜
你不知道那種迫切熱情
有菸癮也太可惜
你不知道那種毫不在乎

不是誰說了嗎
愛的時候
死是平常的事*

就是在講這個。

所以把菸換成其他東西

性愛、倫理學

詩
甚至信仰與
生命
也都是一樣。

——＊「愛的時候／死是平常的事」：語出顧城

《白童夜歌》
（逗點文創結社出版）
拾貳月壹日

近況

翻譯、攝影維生。正在學習拍攝麵包。參與了《電馭叛客2077》中文化，上市至今還沒時間玩，希望到時候Bug修好了。期待哈菲茲詩集出版。瑜伽練習中，但租屋空間不太夠，正在尋找好房子。這本詩選出版時，近況應已抵達下一站。

不動

李蘋芬

壹玖玖壹年生，政治大學中文所博士班，出版詩集《初醒如飛行》。

有些欲望，隱入針葉林
一旦有人來訪
選擇夏季的棲地
它像剝啃綠葉的紅腹蟲子
嚥下最後一口
饜足的歸去
全部消息皆與它無關，無論灰色的雲
如何反常，壓得極低
或是極常見的孩童走失
只為掛記這山中
恆常繞巡的幽靈

我樂於無盡的猜測與失誤
敞開窗簾以前

默記山的模樣
它不動，讓雲堆積
促狹的擁抱

百日草盛放之際
蜻蛉活在最壞的地方
半空停靠
讓不由己的風拖曳而行

我知道山在那裡，如如不動
隱住一場烈焰
就像從未有人預期的
明日輪廓

鏡好聽
拾壹月參拾日

近況

貳零壹玖年夏天，結束在日本的三十天旅行之後，撿拾行跡一般，把移動中記得的句子編布成詩。以致發覺自己的健忘，預感了語言的隔膜與氾濫，倉促間留下名為「昨夜涉水」的紀錄。直到貳零貳壹年入春的此刻，才重新有了足以寫字的呼吸節律，願從慣性中遠遠偏離，並恆久而過分幸運的保有它。

觀景臺——袁紹珊

壹玖捌伍年生，多倫多大學東亞及亞太研究雙碩士。出版詩集《愛的進化史》、《Wonderland》、《太平盛世的形上流亡》，散文集《喧鬧的島嶼——臺港澳三地文化筆記》、《拱廊與靈光——澳門的120個美好角落》。

雲在白日投下煙霧彈
郊遊的鳥，躲進深山

一座永生之島
處處洞穴，處處私人海灘

投下一個劣幣
歷史給你三分鐘清晰的時間

有些爬蟲經過
有些重門深鎖

一個痴人向第九個太陽
說完了夢，拉出滿弓

若無遠方，就手執一個萬花筒
若無未來，就在工業廢墟中仰望星空

聯合文學雜誌
貳月號

近況

曾獲首屆「紫金·人民文學之星詩歌大獎」、「美國亨利·魯斯基金會中文詩歌獎」、臺灣「時報文學獎詩歌大獎」、首屆「創世紀現代詩獎」及澳門文學獎等多個獎項。曾任「北極圈藝術計劃」及美國佛蒙特創作中心駐村詩人，應邀出席紐約、里斯本、吉隆坡等多個國際詩歌及文學節，為澳門首部本土原創室內歌劇《香山夢梅》作詞人。

鹿 CHAPTER THREE

你提及的那一種孤單
有否輕重緩急？
林隙間仍是永無複製
的朝生夕死

帶我去密境

羅浩原

孔曆貳伍貳捌年生於臺北，政大英語系畢業，芝加哥藝術學院寫作碩士。出版詩集《蔗尾蜂房詩稿》、《娑羅鶴變詩稿》。

帶我去買一雙好鞋
抓地力強又涉水快乾
開著不怕擦撞的老破車
去蜿蜒的產業道路盡頭
帶我徒步走下陡峭的礪石小徑
側身弓腿掙扎著在
一重重髮夾彎上滑步蠕行
直抵山腳盤根錯枝的太古榕樹
引領蕞爾使臣如我遽入大汗金帳
瞬間撥開一切視野障蔽
看見深邃谷中的溫泉野溪

夾岸峭壁硫磺皺痕宛如鎏金
鑲嵌著片片翡翠綠的溫泉苔藻

輕羅薄幕的氤氳蒸氣
挑逗著我的嗅覺我的觸覺
我的裸的欲望
忘了荒溪暗藏漩渦兇險
忘了暫歇的落石如搖欲墜
我褪去衣褲忘了脫襪
小心翼翼地將身體每一吋肌膚
浸入溪澗邊那淺淺一泓白濁熱水
讓碳酸泉舒化一身的毛細孔

我仰望湛藍的一線天
午後陽光順勢擲下炙熱金粉
隱身於這方暖暖水鏡之下的我
已感覺不到幽谷中的長風

萬葉千聲也在我泛紅的雙頰俱寂
回頭欲看帶我來的你時
只剩下為我摺好放在石上的衣物
知道你又探路去了
久久不見回歸

中國時報人間副刊
柒月貳拾壹日

近況

現從事翻譯工作，並經營個人部落格「蔗尾蜂房」（kamadevas.pixnet.net/blog），以及臉書專頁「象胥雜誌：東南亞現代詩研究」（www.facebook.com/theastasianpoetry），不定期發表新詩、散文、翻譯與評論。

黃昏二首——羅任玲

臺師大文學碩士，出版詩集《初生的白》等四冊，散文集《穿越銀夜的靈魂》等二冊，以及評論集《臺灣現代詩自然美學》。

之一

波特萊爾死後九年，我的曾祖父搭上陳舊的列車來到這個世界。牙牙學語的嬰孩同時也是個老人，而我從來不知道他的長相。「他的臉方方的。」有一天一隻斑鳩告訴我。曾祖父的母親呢？她又長得什麼樣子？斑鳩不再回答我，牠低頭啄食波特萊爾的句子：「我們將在我們自以為活著的地方消滅。」

曾經含苞如露水的曾祖父的母親，後來搭上遙遠的花朵列車，消失在一個我不知道的黃昏裡。

之二

班雅明是水，誕生之日蔓延黃昏天際的水。十九世紀的箭頭指向黑夜，或者並不指向何方。人們漫步街上，不知道自己將前往懸崖，一盞煤油小燈。那幽暗的死神居所，盡頭慢慢亮起。

自由時報副刊

拾月貳拾壹日

近況

轉一個彎，她在地球上走著走著，畢竟沒有消失。從近的夢到遠的夢，生命的攝影機裡她拍攝著消失與再現的主題，在大河的邊緣記憶與遺忘。

如果你今天死去

陸穎魚

壹玖捌肆年生，新聞系畢業。出版詩集《淡水月亮》、《晚安晚安》、《抓住那個渾蛋》。

如果你今天死去
那麼你明天就不能死去了

但今天的憂愁
還可以在明天重新來過

就讓曖昧不明的雨
再撫摸一次

憂傷的日光，早晨裡
晒傷的影子，也是溫柔的

在開始與結束之間
我們重新一次

更加聰明的憂愁
更加完美的孤獨

更加不要阻止它們
在凌晨三點的親吻

你要這樣相信
脆弱的時候

你並不需要回答
末日的所有問題

——已收錄於《淡水月亮（十週年臺灣復刻板）》（一人出版社出版，貳零貳零年・貳月）

自由時報副刊

貳月拾捌日

近況

香港人，現居臺北。現為獨立書店「詩生活」店長，最新作品為獨立出版《待你醒來一個無瑕的宇宙》。

小事

郭哲佑

壹玖捌柒年生，臺灣大學中國文學研究所碩士。出版詩集《間奏》、《寫生》。

複雜的生活
節制一點出格
安靜地等，安靜地搭上公車
下車鈴提醒：常歡笑
在這小小世界

小小的世界
走長長的樓梯
慢慢把自己收束成漩渦
門在身邊圍繞著
像許多浮沉的塑膠袋

它們裝過不同的物品
包括空氣，艱難的日光

包括我的夢
有無數隻手介入
卻只有一個人醒來

醒來也平安
撫摸小小的愧悔
打開濾掛咖啡
像大雨把遊民的帳篷倒立
土石留在裡面

鏡好聽

壹月陸日

近況

近況不錯／還能在臉書上留言／不留下言外之意／近況平安／多半在夜裡入睡，清晨醒來／夢全部做完／近況佳，遠景皆收眼底／友人行動觸手可及／大頭貼美肌／感情限本人閱覽

小病

陳延禎

壹玖玖壹年生，東華大學華文所，出版詩集《南迴》。

在潮溼悶熱的海裡
風吹過所有斷垣
當羊毛毯乾涸如沙漠
所有的溫存都會是綠洲

淚水與汗水昇騰
時間氤氳如霧
空的牛奶瓶與舒跑
順著桌緣
在落與不落間擺盪
我向著我伸出手
選擇了衰老

《南迴》
（雙囍出版）
玖月玖日

近況

臺南人、臺東服役、花蓮求學，所以有詩集《南迴》，曾獲教育部文藝創作獎首獎、奇萊文學獎首獎、後山新人獎、國藝會創作補助、統一發票六獎，為了成為職業麻將選手而待業努力中。

我的病是我的鹿——陳少

壹玖捌陸年生，臺北教育大學語文與創作學系碩士班畢業。出版詩集：《只剩下海可以相信》、《被黑洞吻過的殘骸》。

緩步，寧靜，血管是河
牠安妥夜晚
躺在我的心臟

看起來無害
相安揣測
黏著我
卻又保持對峙

沒有目的
一天，尋一片草
像一頭正在梳理柔軟細毛
的鹿，如此精密
別緻

有時蟄伏，有時倔強
在森林靜默
等待一顆流星
窺看塔羅牌的奧祕

寓言我將到來
慌張的關切
質疑的殺意
我們站在河流兩側

光穿透我身後的獵槍
處方箋的新藥
牠不顧
低頭喝水

我們收起曾經的殘忍
相安做自己的事
我祈願
另一頭鹿愛牠
牠祈願
另一個人愛我

牠醒來
腳踏銀河
激起一場流星雨
我起身
舉起獵槍守夜

鏡好聽

壹月拾參日

近況

貳零壹捌年樓上鄰居購置音響，播放時我家客廳、飯廳和房間，都會聽見駭人的重低音共振，一下子槍械鬥毆、一下子怪獸鬥法，晝夜環繞最新戰況。一問之下，樓上鄰居的樓上，也聽得到音響噪音，太誇張了。於是我們兩戶到他家門口，客氣地請他們母子倆關掉重低音，無奈他們愛理不理。忍到貳零貳零年，決定板起臉孔，一次又一次當面警告，也連兩年在住戶大會發言反應，才漸漸取回該有的居住品質，這是我這一年最重要的收穫，希望可以維持下去（希望……）。

四分鐘的黑暗——捷運龍山寺站到江子翠站——曹馭博

壹玖玖肆年生，東華大學華文系藝術碩士。出版詩集《我害怕屋瓦》。

一、

星期三午後，我錯過了告別式
笛聲將我喚回車廂內部
它像一條連接內陸與島嶼的鐵橋
幾乎在颱風之後毀滅

二、

我逐漸往內部沉沒，這一切都像自然在低語，我聆聽。
一張張尚未誕生的臉孔，廣告牌，逝去的星體
恐懼在地板上擴張
水滴流動
空隙：一名透明的掘墳者

挖開一座座橢圓塚

三、

孩童在博愛座上安睡，像信箱裡
一起擁擠的包裹
他們在黑暗裡成長——離開內部，留下雲的簽字，凝結尾。
一批又一批的飛行者
向著風暴
報告各自的去留
——三次尖銳的聲響，死亡答覆了他們

四、

無人。盲蜂振翅，在空氣裡頭簽名
一陣陣嗡鳴聲
將我從黑暗中領回

自由時報副刊
壹月陸日

近況

剛獲得《文訊》「21世紀上升星座：1970後臺灣作家作品評選（2000～2020）」詩類二十之一。剛寫完第二本詩集，但還沒想好書名。

除草工人之見

孫維民

壹玖伍玖年生，成大外文所博士。出版詩集《日子》、《地表上》等。

肥厚的脂肪還在蔓延
占據大片的行星面積——
闇黑吵雜的族類啊
我胯下的機器開動了
那是光及音樂

機器持續搜索、掃蕩
汝等將以噴濺的渣滓
顯示卑劣之本質：
智商如蟲、結黨營私
建立帝國的野心從不枯黃

我是沙漠，大海，高山
我是金石與烈火

我是難以覆蓋的恨
和更大的愛
我來阻擋

我使汝等清醒似剛鍘斷的頭顱
留在現場
瞥見自身之困窘
還有前來翻撿的鳥群
還有冷靜的太陽

若汝等擁有戰車、潛艦、飛彈
製造及散布病毒的技術
智人早已滅絕——
虛矯野蠻的族類啊

只擅長繁殖
（我的左鄰生了七狼
至今未詳公母若干
可能不止七隻，我猜
假使加計人工流產——

草地那邊的球場
街道轉角的公司
社區之內的床枕
何處不是血色
堆積著骨骸？

廢死的人應當清楚

殺戮始終沒有停止
如同鬥爭，一直進行
為了自己，右舍去死——）

讓我以旋轉的利齒、汽油的香膏
最真誠的話語
最正統的儀式
回應汝等之哭訴。

自由時報副刊

拾貳月捌日

近況

讀經。看花。學習新的技藝。

渡

林夢媧

本名林玠芷，壹玖玖參年生。出版詩集《潔癖》。

生活總是
偏向顯學的
人多
我們便談人
花開花落
浪起潮退
彷彿除此之外的
不存在世間

一年十二個月
有十一個月給人
剩下一個月
給那些被人深深
洗弄褪色的

參加葬禮的時候
口袋要放榕樹葉
到家前丟在路邊
這一個月
你看見許多淡淡的
影子前來找你
每天
你口袋裡的樹葉
都緊緊跟隨

是了
你平安喜樂的過了一年
這一個月
讓平常只能擦肩而過的

浮光掠影
都來到眼前
你看看他們的臉

聯合報副刊
拾壹月拾伍日

近況

一面調整身體，一面工作，偶爾買香，偶爾買茶，可不多飲，試著用少一點東西生活，練習讓一切都自然不勉強，平心靜氣地移動或者不移動，說話或者不說話。很多書還沒看，很多書還看不完，在那之前，還是想先打掃家裡，收納整理，雖然做完這些就累了，但反正讀書是需要機緣的，在機緣啟動之前，靜待就可以了。

清晨六點零三——吳俞萱

壹玖捌參年生，成功大學中文系。出版詩集《交換愛人的肋骨》、《沒有名字的世界》，攝影詩文集《忘形——聖塔菲駐村碎筆》。

兩隻狗疾行
穿過黎明

一名紅衣婦人
跪落
用捻香的手
捻起一件短衫
一襲絲質的長裙

明日的行頭
染上香灰

第三次經過婦人
牠們照舊停下

嗅聞
一如焚燒的香
白煙穿繞

無肉的大街
禱詞疾行
散落的舊衣
重新癱坐街心
模仿一個人
獨自穿過黎明

聯合報副刊
拾月拾伍日

近況

旅居各地進行文學、攝影和舞踏創作，試圖趨近自然的荒野、趨近自己創作限度的荒野。這十幾年，在故鄉池上進行「詩心啟蒙，成為自己」偏鄉教育計畫、投身國內第一所力行青少年民主教育的全人實驗中學、在美國聖塔菲 The Tutorial School 帶領學生透過一個個漢字觸摸其後的一整個文化身世。創作和教書之餘，常在不同城市舉辦影展、讀書會、舞踏工作坊和跨界藝術沙龍，鼓勵每個人雕塑自己的想法和行動、雕塑我們身在其中的世界。目前與四歲兒子移居花蓮玉里，用阿美族的語言來學習阿美族的吟唱、祭儀、種植、捕獵，在愛之中而不為愛命名。

懷別

CHAPTER FOUR

。

鑰匙棄於夢的字首，
我們在壅塞的時間裡
撿拾金色的印記，
這是日夜，這是晨昏……
與整座季節的細燃

立春——陳育虹

壹玖伍貳年生，文藻大學英文系。出版詩集《閃神》等。

霧裡的老樹知道
自己在霧裡嗎？知道
自己開了星點小花
在這陰鬱的早晨
幾隻麻雀為它雀躍

它多麼精準
一年年永遠是
立春時候，它開花
就算在劫後
就算只剩一截

及膝的樹樁
斷柱般立在後院

中央，斷柱右側
伸出細細一枝
倔強的緋紅

這劫後的山櫻
知道野火，病毒，土地
開發或再一次
風暴可能再次截斷
它的生命嗎——或許

它並不在意？
立在時空濃霧裡
它不在意雀躍的鳥
等到的或許不是

果子，是失落
不在意這院子
這圍牆，牆裡的裂葉
秋海棠與月桂（我看顧
多年的）多年後
是不是還在

聯合報副刊
貳月貳拾日

近況

持續寫作翻譯，度日如秒。

下午三點半

胡家榮

壹玖捌伍年生，東華大學創作與英語文學研究所藝術碩士。出版詩集《光上黑山》、《沒有一天的星星和今天不一樣》。

陽光打在紅色磚牆上
發出明亮顏色和溫度
打在沒有葉子的樹上
投下影子

窗外有小孩在玩球
把球丟得高高的
窗外有小孩在餵鴿子
鴿子不怕人
窗外有笑聲

窗外的世界我再也回不去
我的童年是一棵寂寞的橄欖

——已收錄於《沒有一天的星星和今天不一樣》（逗點文創結社出版，貳零貳壹年・貳月）

聯合文學雜誌
捌月號

近況

貳零貳零年參與出版對寫集《尤里西斯的狗》；貳零貳壹出版第二本詩集《沒有一天的星星和今天不一樣》，持續閱讀、觀影及劇集，希望也可以持續寫詩。

菁桐漫興

楊澤

壹玖伍肆年生。出版詩集《新詩十九首》、《人生不值得活的》、《彷彿在君父的城邦》等。

基隆有一條河
一條長又長的
夕陽河

火車載你來此佇足
暮色裡寥落的月臺
水手，妓女，傳教士
挖金礦的外國資本家
還有嗜酒好賭
偶爾也打打架
鬧鬧事的礦工們
紛紛來過，又走了

基隆有一條河

一條太滄桑的
音樂河

火車載你來此張望
夕陽下蜿蜒的河谷
一路從海的那頭
穿越到山的這頭
老曲盤般，一逕
自顧自地自吟自唱
一條七分憂愁
三分寂寞的河

基隆有一條河
一條長又長的

夕陽河

海上花
河上月
樹下打盹的男人
吹泡泡的小童
可憐復可笑的
世上繁華夢

輕輕吹口氣
便都化成灰
一切都不見了

——後記：基隆河流域中游，尤其瑞芳及舊有「小上海」美稱的九份金瓜石周邊，到最上游的平溪菁桐一帶，河流鐵道攜手同行，山水人文，地景歷史之奇，之冷峭隔絕，侯孝賢，王童，吳念真等幾位導演作品中多所著墨，這也是我屢屢隨興重遊的老地方，旅行其間，楊牧名句「我總是聽到這山崗沉沉的怨恨」每每浮現心頭，乃有此詩。

聯合報副刊

柒月貳拾捌日

近況

上世紀伍零年代生，成長於嘉南平原，柒參年北上念書，其後留美十載，直到玖零年返國，定居臺北。已從長年文學編輯工作退役，平生愛在筆記本上塗抹，以市井訪友泡茶，擁書成眠為樂事。

以後我們會感激這些嗎——任明信

壹玖捌肆年生，東華大學創作暨英美文學研究所。出版詩集《你沒有更好的命運》、《光天化日》、《雪》。

以後我們會感激這些嗎
你用小小的聲音問我
夢裡陽光溫軟，枝枒扶疏
山雲冷冷靠來
又逕自遠走
我多麼想念
你和你的木頭小馬
你曾那麼真切
不在意善良
不關心罪惡
直到世界
鋸走你的雙腳

以後我們會感激這些嗎

我不能回答，只慢慢
擦掉你身上的血跡，像船
擦掉了岸
沿著時間
揹你走

聯合報副刊
肆月拾日

近況

目前為自由文字工作者，亦是催眠師。貳零貳零年開始個人駐村計畫「各自夢遊」，不定期會在不同縣市舉辦講座，與帶領「妙語說書人」桌遊活動。

臺北藍調 since 1974——鴻鴻

本名閻鴻亞，壹玖陸肆年生，國立藝術學院戲劇系。出版詩集《仁愛路犁田》、《暴民之歌》、《樂天島》等。

So drink up all you people
Order anything you see
——Angel Eyes

終有一天
這裡會被水淹沒
或被火焚燬
終有一天
耳朵會腐壞
記憶會消散
未來的孩子
在廢墟間彈跳
像低音弦上的音符

未來的流浪漢
能依稀望見金幣的閃光
那是按鍵在呼吸間遺落的變奏
未來的詩人
當拾到一枚琴鍵
他會猜想
這裡曾有一間酒吧
一座喧譁的無底森林
一片默默湧動的海灘
激情曾如此被喚醒
又如此被平復
彷彿天使之眼不曾離開
凝望著大家點光所有的酒
飲盡杯中精靈

或許，我的人生
從沒有過其他典型：
一間空中閣樓，每晚
讓美妙的即興造訪
無論成敗
都只有一次機會
然後換個靈感
捲土重來
愛是幻覺
生命也是
一如風和風的偶遇
幸有音樂為之賦形
以反常的語法著色
你稱它藍調

我叫它臺北

——已收錄於《爵士詩選》（黑眼睛文化出版，貳零貳零年・拾壹月）

聯合報副刊
玖月拾參日

近況

主編《爵士詩選》。編導親子劇場《春風小小孩》。策展臺北詩歌節、人權藝術生活節。

分別——給祖母——

李長青

壹玖柒伍年生，國立彰化師範大學國文研究所博士候選人。出版詩集《江湖》、《風聲》、《愛與寂寥都曾經發生》等。

陽光猶原
炙
而烈

就做一些簡單的事
也只能

想著，看著，繼續走
隨即忘卻

我在這裡
與你在哪裡並無
分別

相同的時空
已經過往；瓶裡的花
岸上的佛，沉香的漩渦
重複的語言，經文
笑顏，日與夜

我在這裡
與你在哪裡並無分別

自由時報副刊
玖月拾肆日

近況

父親過世（貳零壹陸年）後，始真切感受到人生的框限與渺小；也才似乎知曉了，人的下半生，應會是在無盡的思念與懷想中，肉身與心靈，越來越平靜的度過。這次入選的詩，是寫給貳零貳零年過世的祖母。老人家生前非常疼愛身為長孫的我……追憶似水年華，親人的、自己的、重要他人的……原來就是一生的功課。與寫作有關的，則是近年出版了詩集以外的兩冊文集：《詩田長青》以及《與這個世界》。此外，還有一本最新的詩選集：《我一個人》。

不識字詩

詹澈

壹玖伍肆年生，屏東農專農藝科畢業。出版詩集《西瓜寮詩》、《綠島外獄書》、《發酵》等。

母親在病床上喃喃自語，彌留的眼神
睨著晞弱的月色，在窗玻璃外
逐漸模糊的夜空，彷彿有流星劃過
那是貼寫在窗上的一行詩
一行試圖抵擋死神的詩籤符咒

「無路用的……」母親呢喃著斷續的斷句；
「無路用的符，的詩……」不識字的母親
第一次說出詩這個字，音和死接近
含淚握住她的手，點頭，再搖頭
她是一個不識字的詩人，一個旁觀者

一個警示者，一個呢喃自語者；
「早去早轉世，早去早好命……」

她一面用菜刀割著雞的脖子一面呢喃
為一次死亡念著禱詞，今晨
雞還忠誠準時的啼喚黎明……這叫醒者

童年的天空，滿布著文字
「雲與星星都是字，會動的與會亮的」
母親在床邊呢喃催眠，記憶在夢中長大
「野草，都是藥……」，她是不識字的
魯迅故鄉的農婦，她是被傳言送出去的養女

是逃跑的童養媳，她是我不是文字的詩
詩是詩人的養女，詩人是詩的童養媳
我在母親的骨灰罈前喃喃自語；
不是無用的……不會是無用的……

聯合報副刊
伍月壹日

近況

已開始退休生涯，過著最基本經濟條件的簡單生活。寄居新北市新店山區數年，近年曾來往海峽兩岸參與文學詩歌及農業相關活動，偶而會回臺東看望親友。現任釣魚台教育協會常務理事，常與蘇澳漁民互動研習營。任臺灣優良農業供應鏈整合協會理事長。生涯規劃有較多時間看書與寫詩，偶而會參與社會運動，如貳零貳零年主要是反萊豬與藻礁開發的秋鬥遊行，並寫一首詩〈秋天的口罩〉發表。去年與今年初分別接受《觀察》、《人間思想》、《文學達人誌》採訪，較詳細敘述生平與創作歷程。貳零壹捌年出版了對新詩百年思考後，創作「五五詩體」的詩集《發酵》，這兩年更專心創作「五五詩體」，〈不識字詩〉也是其中一首，希望貳零貳壹年能出版詩集。有關創作「五五詩體」的緣由與思考，已在詩集《發酵》的後記中詳細說明。

夢中會

栩栩

本名吳宣瑩，壹玖捌捌年生，臺北醫學大學呼吸治療學系。出版詩集《忐忑》。

——路易斯．卡洛爾（Lewis Carroll）：「假如他不再夢到你……」

可感而不可知
彌合，混沌中一觸
被如崩雲
雷電不見五指，任其
落地，生根

是那處曾相見
一種氛圍，遠遁
浮動著

是你

周身酣熱，柔滑
如皂。霧裡的
管風琴……都是你

之外，無別話
時光碎成灰屑

黑暗亦不能免於
支離

星沉蜃海
波浪過去了好久
那夜，有一個窟窿

——已收錄於《忐忑》（雙囍出版，貳零貳壹年・壹月）

聯合文學雜誌
拾壹月號

近況

詩使人有枝可棲。

瓦爾帕萊索——嚴忠政

壹玖陸陸年生，逢甲大學中文博士。出版詩集《玫瑰的破綻》、《失敗者也愛——The Sea》、《年記1966：交換日常》等。

——「愛情很短，而遺忘太長」（聶魯達）

時間的基因
可能是被你染色的
我的琴房
有一種瓦爾帕萊索的調性
折磨如此明晰
卻像白銀的刮痕不被看見

名存實亡的前男友
酒瓶、歌單，歌詞已經走遠
最深情的藍色
存在於最痛的地方

不太具體的悲傷星羅棋布
說不上來的。因為說不上來
沒有相同顏色的房子
這是我們的必然

再也沒有困難的事了
如果不談遺忘

聯合報副刊
參月肆日

近況

開始喜歡艱難的海馬刀，艱難之後的香氣。又看了一次《海上鋼琴師》，正準備遠離詩人，才開始為美國「舞象基金會」、「人文磚」、「美華人文學會」進行詩歌帶狀課程講座。也很意外的，為「聯合線上」撰寫《年記 1966：交換日常》。

如此城東

解昆樺

壹玖柒柒年生，臺灣師大國文所博士。出版詩集《寵你的靈魂》、長篇小說集《螫角頭》、評論集《繆斯與酒神的饗宴：戰後臺灣現代詩劇文本的複合與延異》等。

新月在樓間下錨，遠方
聽說有海
近秋時節，如此城東。荒涼的人子
負手在寧靜的燈花中

碎石在濤聲裡滾動
心事打水灣悠悠如自由的單車
防波堤風勢正強，明滅
心中那盞燭火
外海外，樓外樓，海鷗逸如
昨日案前新摺的紙鳶
藍繡小盒裡，我也曾珍藏童年逝去的
種種幻象。潮騷似襲　比鬱藍的哀傷
還準確

彌漫這你也應該到達的城東

這時打開手機，錮禁城中車陣內的你
將會聽海風如何鼓盪
如一支歡歌　長驅城中巷弄
這時如果你轉彎
就能撞見海圖
大敞
如惠斯勒迷濛的畫作
你會為什麼主題而走來
任城東的光影
赦免你失去情節的肉身
靈魂覺得醒的時候

你正拋棄
自己的迷宮
我正美麗成追逐海的
孩子

——已收錄於《寵你的靈魂》（聯經出版，貳零貳壹年・肆月）

自由時報副刊
陸月貳拾參日

近況

貳零貳壹年出版首部詩集《寵你的靈魂》，選輯二十多年寫詩之精品詩作，由聯經出版社出版。同時，執行科技部專書計畫，撰寫《臺灣現代詩手稿學》，另外，也努力在書寫長篇小說《熱夏京劇三百日》，以及整編自己的散文集。開始經營藝術文學的 YouTube 頻道與 Podcast 頻道「聽見你的好」，基本上每週推出一個關於詩的訪談或短講，歡迎雲端網路相會，以有溫度的聲音，一起聊文學聊藝術聊詩。頻道網址可 QR：

六月十三，在府番——波戈拉

本名王勝南，壹玖捌伍年生，世新大學中國文學系畢業。出版詩集《痛苦的首都》、《陰刻》。

那一日，臨時搭建了靈堂
趕車先至窄仄的巷弄
再跪爬進祖厝，越過祭品與飯供
遠看見木質的棺槨
在門埕，父親徹夜守靈
也不說什麼話
對爺爺輕念道：孫子復返了
六月十三，在府番

父親徹夜守著他的父親
我守著他，難眠的我們折元寶與紙蓮花
廳內恆躺的爺爺不再離家
他睡在無日夜的房間

府番，用臺語讀
像復原；復原未亡者不及結痂的人生
或逝者無能痊癒的病症
應是隱隱作痛的吧？
生命的破折號——
彷彿劃開時間的手術刀
而我們終究是受傷了
沒有任何一滴淚、能將其完好

父親失了他的
父親永不再回應。彼此
沒能說的、沒有字
如信使，或一炷香能代為傳達

鄉間的草寫法依舊潦草
遠處的路赴更遠的路
爺爺啊繞過塵世的小徑
父親為他滌淨最後瘦楞的身軀
徒留昔年的舊服：是靜止的六月十三
在炎夏持續晾晒著，心的懸念……
懸念似蟬喧囂
穿衣者已然脫殼

六月十三，在府番。紛來拈香、祭奠
親友們在院落圍談與
群聚，彷彿各個走位又回歸的棋
反覆下一場未竟而待退的局

「林榮三文學獎
新詩獎佳作」

拾壹月

近況

若無其事生活。

近況——廖啓余

壹玖捌參年生，美國聖路易華盛頓大學比較文學博士。出版詩集《解蔽》，小品文集《別裁》。

長頸琉璃瓶、圓盤
心事的花，日影
之一截朱漆的窗櫺閒話著
那驟然的中止
情節，如何賡續在餘事
以倍數質量的時光、
的衰老，是罷，為了成熟
而趨於精細、狹窄，
一點點亮在末端——
惦量著虛構一如實現的素材：
簇簇漿果。一容器
且品嘗自我一時
覺察久矣沒有聯絡

聯合報副刊
柒月拾柒日

近況

嘗只憑憤怒， 神即鑄我為匕首。而今我衰老，深諳 神的智慧，我且揚手，棄擲 神去到讎敵之中。

挽歌詩——陳牧宏

壹玖捌貳年生，博士。出版詩集《眾神與野獸》、《安安靜靜》、《水手日誌》。

——悼楊牧，壹玖肆零—貳零貳零年，兼記汪德指揮布魯克納交響曲 d 小調。

將熄的桌燈等待著
校園裏渡鴉
和詩人的到來
不疾不徐
穿越修辭的幽黯
深邃的語意
彷彿知曉萬物的隱喻。
你將讀半的楞嚴經闔起來
熟悉的和聲旋律旁
留下思緒和時光遷移

躑躅的痕跡

或許沒有人察覺
芍藥花瓣
就默默落盡了
瘦瘦枯枯蜷縮在
素白無瑕的窗臺上
金甲蟲的鞘翅
驟然斷裂
折射的暮光和霞虹
彎彎細細薄薄
結晶成虔敬的
剔透的剎那

天氣晴朗那日午後
你離開經閣
帶著危步的嘆息
所思若有所苦的眼神。
紙硯筆墨電腦整齊
編年的書冊
竟與未竟的著述
井然有序安放
仰頭的壁櫃
和腰齊的矮櫃上

誠實無懼又溫柔
的詩和散文
蜂蜜與奶油的善良

百合和紫荊的勇敢。
舊收音機，
風鈴與時鐘
安安靜靜寂寥
六百億宇宙大的房間
空蕩蕩木地板房間
平靜美好依舊

中國時報人間副刊
肆月拾肆日

近況

精神科醫師。旅行。當代藝術，古典音樂。www.facebook.com/muhong2017

已經

林達陽

壹玖捌貳年生，國立東華大學藝術碩士。出版詩集《虛構的海》、《誤點的紙飛機》、散文集《蜂蜜花火》、《慢情書》、《恆溫行李》等。

日子過去了
時間的水面恢復平靜
「後悔」是船後方一座
漸漸遠離的小島

輕輕晃動的船艙裡
東倒西歪的紀念品散落一桌
有些色彩鮮艷
有些的製造商打印著
我即將回去的灰撲撲的家鄉地名

所有故事最後都會抵達
各自的命運嗎？
鄰座的老人注視手中的數獨

像一張空白彩卷，遲遲無法下筆
我願意一次次計算可能與機率
但重新拋擲骰子
總令受過傷的人猶豫

你曾再次愛上一個
已經愛過的人嗎？
曾經為了反覆出現的徵兆而悲觀？
曾因為無盡等待著奇蹟而憂鬱？
船在規律的晃動中前進我想像
每一道暈眩的波浪
是不是都來自上一艘船劃破大海的胸膛？
海鳥在陰天裡鳴叫亂飛

像是幽靈的歌隊
已經知道結局了
看電影時仍然流淚嗎？
已經去過的遠方
是不是還有一張明信片如謎底貼服在
廢棄郵箱的縫隙裡？

如果最初選擇在彼方留下
你還著迷於陳列古物的博物館嗎？
還買只能綻放三天的
玫瑰與水仙？
還透過咖啡和酒精
認識真正的自己？
水面短暫的光影迷離

好像有神躲在裡面
塗畫著寂寞的祕密

每一種永恆都由無數的短暫組成
永遠追求自由快樂，意謂那些永不可得
在等號的兩端
有什麼是交換後能夠
改變結果的嗎？
選擇返鄉的人開啟了遠離他方的新旅行
磕碰著，像一只古怪的幾何益智玩具：
怎麼讓一個簡單的白鐵環
脫離複雜扣合的鐵柵與鎖鏈……

每一次嘗試

都發出金屬撞擊的聲音
像是清晨一扇鋁合金的雕花大門
開啟又闔上
遠遠聽彷彿快速拉起的船錨綻放火花
近聽是廚具與樂器日常的敲擊

而我已經決定
「決定」便是命運
想像回去以後的生活
大概就是如此——
在同一個城市裡不斷迷路
偶然走到了可以直接望見大海的路口
在燈號由紅轉綠之前
我會迷惘的再問一次這些問題

數感實驗室

壹月拾壹日

近況

寫現代詩與散文。曾獲三大報文學獎、臺北文學獎、香港青年文學獎、教育部文藝創作獎、優秀青年詩人獎等，並獲國家文化藝術基金會、高雄市文化局等獎補助。曾受邀擔任東華大學、清華大學駐校作家，作品散見海內外報章雜誌、網路媒體，入選各類文學選集。出版詩集和散文集多本。企畫文學策展和創作工作坊。出版社華文創作書系主編。高雄市立圖書館董事。主持擦亮花火文學計畫。

Facebook：林達陽／Instagram：poemlin0511／E-mail：poemlin@yahoo.com.tw／個人網頁：poemlin.mystrikingly.com

二魚文化　文學花園Ｃ１４９

貳零貳零 臺灣詩選

主　　編　達　瑞
封面設計　達　瑞
版面設計　達　瑞
攝　　影　達　瑞
執行編輯　達　瑞

出　版　者　二魚文化事業有限公司
發　行　人　葉　珊
地址　新北市永和區福和郵局第伍拾伍號信箱
網址　fishnfishbook.tumblr.com
電話（零貳）貳玖參柒—參貳捌捌
傳真（零貳）貳參伍零—伍貳捌捌

總　經　銷　大和書報圖書股份有限公司
電話（零貳）捌玖玖零—貳伍捌捌
傳真（零貳）貳貳玖零—零陸伍捌

製版印刷　彩達印刷有限公司
初版壹刷　貳零貳壹年柒月
國際標準書號　玖柒捌—玖捌陸—玖捌柒參柒—貳—柒
定　　價　參佰陸拾元

國家圖書館出版品預行編目（CIP）資料｜貳零貳零 臺灣詩選／達瑞主編
——初版 ——臺北市：二魚文化事業有限公司／2021.07／256 面；14.8 × 21 公分
——文學花園：C149　ISBN 978-986-98737-2-7（平裝）　863.51　110006414

貳零貳零

臺灣詩選